Je suis de celle *Qui*…

Du même auteur

M + Editions : Acouphanges, 2021

Les Editions du Loir
    G comme Gratitude, 2019
    Surtout le pire, 2019

Ed. La Trace : Le rire du monde, 2018

Ed. La Liseuse : Toucher l'instant, 2018 - Epuisé

Ed Border Line – Trilogie en cours
    La Toile aux alouettes – 2016
    Un Trop grand silence - 2017

Ed. BoD – Books on Demand
    Les Vid'Anges du diable, 2020
    Pensées Clandestines, 2018
    Mal Barrée, 2017

Amazon - Pseudo Gaia - Le fou de papier, 2019

Lou Valérie Vernet

Je suis de celle

Qui...

© 2021, Lou Valérie Vernet
Édition : BoD – Books on Demand
12/14 rond point des Champs-Élysées, 75008 Paris
Impression : BoD – Books on Demand, Norderstedt,
Allemagne
ISBN : 9782322399338

Dépôt légal : Octobre 2021

Aux enfants de demain,

A Bettina,
Jules,
Benjamin,
Sacha
et Eliott.

L'humain est un tissu

Qui se déchire facilement.

Christian Bobin.
Un bruit de balançoire.

Prologue

Certains font jaillir la lumière avec une seule couleur et peignent comme s'ils étaient eux-mêmes le paysage. D'autres obtiennent d'une seule note qu'elle vous hérisse le corps et voyage dans chacune de vos cellules. Une minorité assemble les mots et tisse le fil d'une vie en un poème qui vous met le cœur au bord des larmes.

C'est peut-être cela, écrire : peindre, chanter et broder l'alphabet tout à la fois

Extraire d'un profond silence tous les mots de la vie pour tenter d'apercevoir ce qui noue et dénoue les plis d'une âme.

C'est oser s'en faire l'écho et dessiner en une phrase tout ce qui peut l'être.

C'est croire à un possible langage qui pourrait donner sens.

C'est entasser après chaque majuscule un ubuesque espoir.

C'est envisager de trahir mille fois l'alchimie jusqu'à sentir pousser la fleur sauvage hors de soi.

C'est réinventer à chaque fois tout ce qui ne suffit pas à faire taire nos désespoirs.

C'est, avec arrogance, spolier l'indicible, vampiriser le beau, jalouser l'infini. Ces espaces qui nous échappent à mesure qu'on essaie de les vaincre.

C'est réconforter l'enfant pris au piège de ses premiers balbutiements et par delà une déconcertante naïveté, tenter de créer un arc-en-ciel dans la grande nuit de l'humanité. Parce qu'un jour, dans un visage, une aube, un événement, une question nous a été posée et que de la réponse, dépend peut-être, un début d'apaisement.

Etre écrivain, c'est écrire tout cela sans se laisser distraire, avec acharnement, jusqu'à prendre répit. C'est patienter longtemps sur le bord du chemin et d'un coup se mettre à marcher. C'est fatiguer une errance qui aurait pu l'ensevelir.

C'est mettre dans le vaste chaudron du vouloir autant de bonnes raisons que de sordides ambitions.

C'est s'octroyer une pause de la vérité crue et se remettre à respirer.

C'est ne plus savoir faire autrement. Comme un cadeau que l'on reçoit et que l'on se doit de transmettre.

C'est au terme de centaines d'heures accoucher d'une phrase qui enfin comblerait un vide comme de s'asseoir au sommet d'une montagne et de croire toucher les étoiles.

C'est faire usage du mot bonheur en tentant de savoir à quoi ou à qui il ressemble.

C'est donner à chacune des 26 lettres le pouvoir de relier des milliers d'âmes, leur donner rendez-vous et saluer leur courage.

C'est vivre en sachant qu'on n'aurait jamais rien pu faire de mieux.

Ou de plus.

*

Aux origines…

Je suis de celle qui commence,
Qui offre la première danse.

Je suis de celle dont l'énergie,
A fomenté un incroyable tour de magie.

Je suis de celle avec qui le bigbang,
Induit la théorie du boomerang.

*

Je suis de celle qui suit sa destinée,
Son chemin, sa voie lactée.

Je suis de celle dont la galaxie,
N'est pas plus grosse qu'un grain de riz.

Je suis de celle avec qui l'univers,
Octroie la vie en un éclair.

*

Je suis de celle qui a trouvé son éveil,
En tournant autour du soleil.

Je suis de celle dont les effets de lune,
Promettent la bonne fortune.

Je suis de celle avec qui la terre,
Prend racine dans les airs.

*

Je suis de celle qui a créé la vie,
A partir de milliards de bactéries.

Je suis de celle dont l'oxygène,
Implante les premiers gènes.

Je suis de celle avec qui les êtres vivants,
Partagent le même environnement.

*

Je suis de celle qui change de décor,
Et voit apparaitre le dinosaure.

Je suis de celle dont la flore,
Se pare d'essences multicolores.

Je suis de celle avec qui le règne vivipare,
Prend un nouveau départ.

*

Je suis de celle qui propulse les mammifères,
Les continents, une nouvelle ère.

Je suis de celle dont les antiques primates,
Marchent encore à quatre pattes.

Je suis de celle avec qui les hominidés
Débutent leur verticalité.

*

Je suis de celle qui a cogné les pierres,
Frotté les bois, je m'en souviens, c'était hier.

Je suis de celle dont les cavernes,
Ressemblent drôlement à nos tavernes.

Je suis de celle avec qui la découverte du feu,
Ebaubit la longue lignée de ses aïeux.

*

Je suis de celle qui se croit en veine,
De devenir enfin « l'homme moderne ».

Je suis de celle dont le langage évolué,
Doit permettre de mieux communiquer.

Je suis de celle avec qui Cro-Magnon,
Bouffe pourtant ses compagnons.

*

Je suis de celle qui a bâti les villages,
Construit des huttes, appris l'élevage.

Je suis de celle dont les poteries et les galets
Ornent les trésors des musées.

Je suis de celle avec qui les tribus,
Ont graphité l'histoire en rébus.

*

Je suis de celle qui inaugure la civilisation,
La hiérarchie, les inventions.

Je suis de celle dont les scribes,
Ont laissé plus que des bribes.

Je suis de celle avec qui les soldats,
Modernisent l'épée, le bouclier et le trépas.

*

Je suis de celle qui dort au fond des pyramides,
Erigées sous des cieux arides.

Je suis de celle avec qui Thot et Amon-Ré,
Ont initié l'homme à implorer.

Je suis de celle avec qui le Nouvel Empire,
Engendre le meilleur et puis le pire.

*

Je suis de celle qui a vaincu le Minotaure,
D'un dédale de jetés de sort.

Je suis de celle dont les origines languides,
Dorment peut-être au fond de l'Atlantide.

Je suis de celle avec qui la Grèce antique,
A légué le raffinement des mosaïques.

*

Je suis de celle qui a remplacé les cueilleurs
par les fermiers éleveurs.

Je suis de celle dont le brahmanisme
Côtoie l'hindouisme et le bouddhisme.

Je suis de celle avec qui le Dieu Vishnu,
Obtient du monde qu'il se remette debout.

*

Je suis de celle qui a vu défiler les ambitions,
Sous le joug de la domination.

Je suis de celle dont Babylone et Assour,
Partagent le temps en un roulement de tambour.

Je suis de celle avec qui Nabuchodonosor,
Lègue au patrimoine un fabuleux décor.

*

Je suis de celle qui connut Ramsès II,
Les Hitites, l'Anatolie et ses enjeux.

Je suis de celle dont l'invasion amère,
Est venue des peuples de la mer.

Je suis de celle avec qui un nouveau monde,
Accouche d'un peuple d'amazones furibondes.

*

Je suis de celle qui a connu la pierre,
Dolmens, menhirs et cimetière.

Je suis de celle dont le cuivre et l'étain,
Font du bronze un deux en un.

Je suis de celle avec qui l'âge des métaux,
Propulse celui du fer encore plus haut.

*

Je suis de celle qui se revendique,
De la Grèce à la Perse et de ses guerres médiques.

Je suis de celle dont Alexandre le Grand,
Servira de modèle à d'autres combattants.

Je suis de celle avec qui le royaume d'Israël,
Sera de tout temps intemporel.

*

Je suis de celle qui voit la basse Antiquité,
Donner le pouvoir à un monde d'iniquité.

Je suis de celle dont Attila
Oscille encore entre le héros et le scélérat.

Je suis de celle avec qui Pétra,
De ces cendres renaitra.

*

Je suis de celle qui traverse les âges,
D'un haut à un bas Moyen Age.

Je suis de celle dont Clovis et Charlemagne,
Continuent allègrement la castagne.

Je suis de celle dont les religions,
Bénissent le plus d'exactions.

*

Je suis de celle qui fatiguée des conflits,
Va infliger sa première grande pandémie

Je suis de celle dont la guerre de Cent Ans,
Dévastera encore des innocents.

Je suis de celle avec qui la fin des Byzantins,
Espère un avenir moins crétin.

*

Je suis de celle qui pense que la Renaissance,
Convoque l'art dans son essence.

Je suis de celle dont la naïveté faiblit,
A mesure des guerres d'Italie.

Je suis de celle avec qui les Tudor,
Mettront le paquet pour ses trésors.

*

Je suis de celle qui vole de nouveaux mondes,
En exterminant l'autre de façon immonde.

Je suis de celle dont le massacre Barthélémy,
Ne laisse aucun répit.

Je suis de celle avec qui la guerre de 30 Ans,
Sacrifiera une fois encore ses enfants.

*

Je suis de celle qui n'épargne personne,
Russie, Japon, Chine se convulsionnent.

Je suis de celle dont le siècle des Lumières,
Donne chance de raviver les esprits en jachère.

Je suis de celle avec qui la monarchie,
Veut maintenir la suprématie.

*

Je suis de celle qui instaure l'esclavage,
Qui colonise et apporte le clivage.

Je suis de celle dont les colonies
Exploitent, pillent et anéantissent

Je suis de celle avec qui le commerce mondial,
Donne au 20ème siècle un goût spécial.

*

…Avant-hier…

Je suis de celle qui par la Révolution française,
Soumet la monarchie au malaise.

Je suis de celle dont les guerres napoléoniennes,
Auront des répercussions diluviennes.

Je suis de celle avec qui le trépas,
Reste la seule issue au combat.

*

Je suis de celle qui ouvrira l'ère industrielle,
Dans une disparité démentielle.

Je suis de celle dont on restaure l'empire,
A croire que la surdité empire.

Je suis de celle avec qui les Etats-Unis émergent,
Et dans une guerre de Sécession, divergent.

*

Je suis de celle qui lutte encore,
A tous les endroits du monde et sans accord.

Je suis de celle dont les fondements,
Déploient l'anarchie en contre-courants.

Je suis de celle avec qui vivre simplement sa vie,
Devient de plus en plus une utopie.

*

Je suis de celle qui rentre en guerre mondiale,
Qui n'a vraiment plus rien de loyale.

Je suis de celle dont les crises économiques,
Riment avec des pertes astronomiques.

Je suis de celle avec qui tous les « ismes »,
Exploitent sans conscience le fanatisme.

*

Je suis de celle qui ne cesse de réparer,
Les erreurs de ses ainés.

Je suis de celle dont les libertés,
Sont mondialement bafouées.

Je suis de celle avec qui cette fin de siècle,
S'inquiète d'un foutu bug virtuel.

*

...Hier...

Je suis de celle qui ouvre l'année 2000,
Le cœur battant dans les familles.

Je suis de celle dont les espoirs,
Vont encore très vite déchoir.

Je suis de celle avec qui les tours jumelles,
Ouvrent la porte au terrorisme actuel.

*

Je suis de celle qui guerroie sur tous les continents,
Et réunit des sommets pour faire des bilans.

Je suis de celle dont Gandhi et Mandela,
Subliment les plus grands mandalas.

Je suis de celle dont les séismes,
Avertissent d'un trop-plein de despotisme.

*

Je suis de celle qui noircit le ciel clair,
Aussi pollué que le fond des mers.

Je suis de celle dont les extinctions,
Font disparaitre de plus en plus d'animaux.

Je suis de celle avec qui le réchauffement
climatique, Dépasse l'alerte critique.

*

Je suis de celle qui pleure de fatigue,
Les mains rougies, prête à rompre la digue.

Je suis de celle dont les mots imparfaits,
Tissent les souvenirs qu'elle défait.

Je suis de celle avec qui le paradis,
Se conclura en conte maudit.

*

Je suis de celle qui parle depuis la nuit des temps,
Et que personne n'entend.

Je suis de celle dont on profane le ventre,
Jusque dans son épicentre.

Je suis de celle avec qui demain,
Demandera un effort surhumain.

*

Je suis de celle qui s'habille de tissus,
Mais dont l'âme se montre nue.

Je suis de celle dont le respect est excisé,
Battu, bafoué et puis violé.

Je suis de celle avec qui on ne parle pas,
Muette à l'ultime combat.

*

Je suis de celle qui n'a d'ambition son propre idéal,
Un souffle d'air, une aurore boréale

Je suis de celle dont les hommes se revendiquent,
Et qui au milieu de la mêlée abdique.

Je suis de celle avec qui l'on use ses années,
Sans avoir rien compris de ce qui est passé.

*

Je suis de celle qui divague certains soirs,
Enivrée de ses pires cauchemars.

Je suis de celle dont la roue tourne,
A qui l'on ne consent plus de ristourne.

Je suis de celle avec qui le diable a fait un pacte,
D'entrer frontalement au contact.

*

Je suis de celle qui laboure, éventre, pille,
Ses anciens morts, ses escadrilles.

Je suis de celle dont la terre brûlée,
Arrache aux victimes leurs plus belles années.

Je suis de celle avec qui le lombric affamé,
Croupira rassasié.

*

Je suis de celle qui marche sur la lune,
Croyant pallier son infortune.

Je suis de celle dont les richesses,
Se dilapident avec allégresse.

Je suis de celle pour qui l'égoïsme.
A plus de valeur que l'altruisme.

*

Je suis de celle qu'on accuse du mauvais temps,
Et qu'on implore au printemps.

Je suis de celle dont le pas se raccourcit,
Ralentit, se retourne et s'enfuit.

Je suis de celle avec qui le sort,
Envoie valser l'homme dans le décor.

*

Je suis de celle qui aime outrageusement,
Furieusement, inconditionnellement.

Je suis de celle dont on loue l'abondance,
La pertinence, la flamboyance.

Je suis de celle avec qui l'homo sapiens,
N'en finit pourtant pas d'engendrer des œdipiens.

*

Je suis de celle qui réclame une chance,
Espère enfin une autre semence.

Je suis de celle dont on oublie le nom,
Et qui pourtant accorde son pardon.

Je suis de celle avec qui ce n'est jamais fini,
Pour qui la vie n'a pas de prix.

*

Je suis de celle qui regarde par le trou de la serrure,
L'horizon flouté d'un hypothétique futur.

Je suis de celle dont on se souviendra,
Les jours fériés, les mardis gras.

Je suis de celle avec qui le calendrier,
N'a pas fini de rimer avec charnier.

*

Je suis de celle qui quémande dans un murmure,
S'il existe encore un pays bleu azur.

Je suis de celle dont le long voyage,
Porte sur son dos un lourd héritage.

Je suis de celle avec qui un sentier herbeux,
Se fait toujours au moins à deux.

*

Je suis de celle qui couve en son sein,
L'amertume des jours mesquins.

Je suis de celle dont on dira plus tard,
Qu'elle a eu raison d'en avoir marre.

Je suis de celle avec qui les araignées,
Se font une joie d'être mal peignées.

*

Je suis de celle qui soupire sous une ombrelle,
Des heures durant à se croire belle.

Je suis de celle dont on tire bénéfice,
En ignorant les odieux sacrifices.

Je suis de celle avec qui le jour,
Déploie pourtant les ailes de l'amour.

*

Je suis de celle qui appelle à la révolte,
Qui sème ce qu'elle récolte.

Je suis de celle dont on oublie,
Les mauvais pas et les faux plis.

Je suis de celle avec qui les dieux,
Espèrent devenir vieux.

*

Je suis de celle qui s'invite aux bancs des églises,
A qui l'on dit bon nombre de bêtises.

Je suis de celle dont on rivalise,
Le corps drapé dans de la rubalise.

Je suis de celle avec qui les femmes se battent,
Pour, ce qui ressemble à une armée de millepatte.

*

Je suis de celle qui pleure devant toi,
Sans honte ni mépris pour ses émois.

Je suis de celle dont les vivants,
Doivent réapprendre le sens du mot aimant.

Je suis de celle avec qui les anges,
Ne feront jamais rien qui dérange.

*

Je suis de celle qui jure sans parler,
L'ire noire, le front baissé.

Je suis de celle dont le regard assassin,
Vous plante un couteau dans la main.

Je suis de celle avec qui on ne joue pas,
Sans avoir peur de visiter l'au-delà.

*

Je suis de celle qu'on abrite sous son parapluie,
Et qui voyant l'arc-en-ciel, se ravit.

Je suis de celle dont on disculpe l'oubli,
A qui l'on offre encore un sursis.

Je suis de celle avec qui la nature chante,
Loin des forêts qui trop la hantent.

*

Je suis de celle qu'on juge sans attaches,
Qui s'en sort avec panache.

Je suis de celle dont les volcans tempêtent,
Cracheurs de feu sans allumettes.

Je suis de celle avec qui les éléments s'amusent,
A hurler plus fort qu'une cornemuse.

*

Je suis de celle qui écrit à l'encre bleue,
Sur le toit des immeubles dans les banlieues.

Je suis de celle dont on barricade à triple tour,
L'envie d'aller faire un tour.

Je suis de celle avec qui la rage,
Tape du poing et met en cage.

*

Je suis de celle qui se lève tôt,
Et s'en va cueillir le premier mot.

Je suis de celle dont on modèle les contours,
Pour l'exposer dans des concours.

Je suis de celle avec qui la musique danse,
Vole, tournoie et promet la transe.

*

Je suis de celle qui vomit dans le sable,
Une à une ses orgies inconcevables.

Je suis de celle dont l'eau de mer,
Emplit les poumons d'un danger délétère.

Je suis de celle avec qui les sirènes,
Ont toujours eu peur d'entrer dans l'arène.

*

Je suis de celle qui ouvre les mains,
A l'invitation d'heureux lendemains.

Je suis de celle dont l'infatigable espoir,
Prend la forme d'un entonnoir.

Je suis de celle avec qui le jour,
Egaye pourtant chaque matin de son retour.

*

Je suis de celle qui trébuche sur une peur,
Terrifiée de trop d'erreurs.

Je suis de celle dont on capitonne les murs,
Pour s'en faire une armure.

Je suis de celle avec qui on élabore,
Ce qui pourrait faire que je collabore.

*

Je suis de celle qu'un enfant reconnait en lisière de
terrain vague, Une ficelle de cerf-volant nouée
comme une bague.

Je suis de celle dont l'innocence a déchu,
Dans la pogne d'un ivrogne moustachu.

Je suis de celle avec qui le charme,
A la place des armes, désarme.

*

Je suis de celle qui n'aime pas les barreaux,
Les murs, les briques et les rideaux.

Je suis de celle dont la loi se dérobe,
Le jour où elle désire une robe.

Je suis de celle avec qui la société se démène,
Pour se faire croire qu'elle est amène.

Je suis de celle qui nie le cri des corbeaux,
La furie des hommes qui chassent le moineau.

Je suis de celle dont la crosse d'un fusil,
Porte ma voix en hérésie.

Je suis de celle avec qui les ennemis,
Sont plus nombreux que les amis.

*

Je suis de celle qui renifle après de longs sanglots,
Épuisée d'avoir crevé le ciel et ses angelots.

Je suis de celle dont le fils a succombé,
A l'homophobie des coups portés.

Je suis de celle avec qui il faudra compter,
Quand l'amour aura triomphé.

*

Je suis de celle qui court dans les herbes hautes,
Danse, virevolte et par-dessus les barrières, saute.

Je suis de celle dont le champ cultivé,
Répond à l'appel de ses bottes toutes crottées.

Je suis de celle avec qui l'épi de blé,
Chantera tout l'été.

*

Je suis de celle qui s'assoit à table,
Coudes bien ancrés, l'appétit discutable.

Je suis de celle dont l'insolence est reine,
Qui mélange l'amour et la haine

Je suis de celle avec qui les parents,
Se demandent: mais qui est cet enfant ?

*

Je suis de celle qui peint un minuscule point blanc,
Précisément là où coule le sang.

Je suis de celle dont l'archet s'envole,
Et sur une seule note, longtemps caracole.

Je suis de celle avec qui les artistes,
Voltigent et entrent en piste.

*

Je suis de celle qui accouche en gémissant,
L'enfant mort-né d'un avortement.

Je suis de celle dont le ventre alourdi,
S'affaisse au premier cri.

Je suis de celle avec qui les mères,
Touchent du doigt la toute-puissance éphémère.

*

Je suis de celle qui brise la glace des mers gelées,
Baleines échouées, manchots sacrifiés.

Je suis de celle dont l'horizon défie,
L'oasis qui s'en dédit.

Je suis de celle avec qui les continents,
Sont en perpétuel tourment.

*

Je suis de celle qui veut tout et son contraire
Les pôles renversés et l'équateur à l'envers.

Je suis de celle dont on dira,
Qu'elle avait pourtant le choix.

Je suis de celle avec qui la majorité,
Devra justifier de son iniquité.

*

Je suis de celle qui doit quand elle ne veut pas,
Qui n'a plus sa vie à l'endroit.

Je suis de celle dont on accroit la charge,
A qui l'on vole le partage.

Je suis de celle avec qui les usines,
Laissent derrière elles un champ de ruine.

*

Je suis de celle qui meurt de faim,
L'estomac pourtant plein.

Je suis de celle dont le consumérisme,
Conduit tout droit à l'anévrisme.

Je suis de celle avec qui la maladie,
Acte la finale tragédie.

*

Je suis de celle qui prend la tangente,
Dès que le chemin un peu trop serpente.

Je suis de celle dont la lâcheté grossit,
A mesure que se réduit le sursis.

Je suis de celle avec qui le courage,
N'en finit pas de faire naufrage.

*

Je suis de celle qui cultive le champ des possibles,
Pile-poil au cœur de la cible.

Je suis de celle dont l'entité raisonnable,
Aura bientôt l'air d'une fable.

Je suis de celle avec qui il faudra bien,
Tout rétablir à partir de trois fois rien.

*

Je suis de celle qui érige le drapeau blanc,
Désespérée de trop de sang.

Je suis de celle dont on discerne l'héroïsme,
Parce qu'elle a fait preuve de civisme.

Je suis de celle avec qui les loups ne se battent pas,
Gardiens d'un troupeau aux abois.

*

Je suis de celle qui passe par la fenêtre,
Dégonde les volets, se défenestre.

Je suis de celle dont un livre sur un chevet,
Vaut mille et un cachets.

Je suis de celle avec qui les ponctuations,
Valent toutes les dominations.

*

Je suis de celle qui met le feu aux poudres,
Orgueil et vanité en coup de foudre.

Je suis de celle dont la guerre est un jeu,
Car qui décède n'est plus dangereux.

Je suis de celle avec qui les tombes,
Rendent plus nobles les hécatombes.

*

Je suis de celle qui tient la vérité en lumière divine,
Sans croix ni péchés, en bougie fine.

Je suis de celle dont les mains jointes,
Rêvent à d'autres conjointes.

Je suis de celle à qui il suffirait,
D'un peu d'eau à sa bouche craquelée.

*

Je suis de celle qui ouvre sa porte aux vents,
À l'hirondelle dans son éternel printemps.

Je suis de celle dont un seul coquelicot,
Rendrait amoureux un noyau sec d'abricot.

Je suis de celle avec qui le pissenlit,
Pourrait bien faire ami-ami.

*

Je suis de celle qui pense que tout est cadeau,
Présent, feu follet et par là même illusions.

Je suis de celle dont la chimère à minuit,
Donne plus de charme à ses nuits.

Je suis de celle avec qui les songes matinaux,
Ont rendez-vous avec le beau.

*

Je suis de celle qui reste quand rien ne la retient,
Accablée de ne plus servir à rien.

Je suis de celle dont l'âge a dépassé,
Trois fois le sourire de sa lignée.

Je suis de celle avec qui la famille,
A vu fleurir un parterre de jonquilles.

*

Je suis de celle qui entend le chant des hiboux,
Le frai des poissons, les pleurs d'un époux.

Je suis de celle dont la mémoire vacille,
Mais qui sait encore ce qu'est un codicille.

Je suis de celle avec qui s'en va toujours,
Un peu d'enfance mais jamais trop d'amour.

*

Je suis de celle qui répond à l'appel des oiseaux,
Au chant des rivières, aux trémolos.

Je suis de celle dont les gros mots,
Sont rien qu'un jeu rigolo.

Je suis de celle avec qui les escargots,
Emportent au loin tous les fardeaux.

*

Je suis de celle qui rend les armes,
Avant de ternir son âme.

Je suis de celle dont les larmes,
Emplissent les vacarmes.

Je suis de celle avec qui la bienveillance,
A encore une chance.

*

Je suis de celle qui use la patience jusqu'à la corde,
Rebelle à l'imprécation des hordes.

Je suis de celle dont on lit l'avenir,
A chaque fois qu'elle offre un sourire.

Je suis de celle avec qui l'esprit,
Unifie l'âme au corps et supplie.

*

Je suis de celle qui marche longtemps et loin,
Satisfaite d'être seulement en chemin.

Je suis de celle dont on gravit les sommets,
Là où ne monte aucune armée.

Je suis de celle avec qui les ornières,
Peuvent devenir cratères.

*

Je suis de celle qui prie en silence,
Sans rien désirer d'autre que de la clémence.

Je suis de celle dont on ravive la flamme,
D'un simple bonjour Madame.

Je suis de celle avec qui une plume tombée du nid,
Construit le langage d'une vie.

*

Je suis de celle qui choisit dans un sourire,
Le rire de gorge qui la ravit.

Je suis de celle dont on espère le meilleur,
Qu'on emporte dans ses ailleurs.

Je suis de celle avec qui si tu promets,
N'abandonne jamais, ni n'omet.

*

Je suis de celle qui lit à la bougie,
Le dernier vers d'un poète maudit.

Je suis de celle dont on peint le visage,
Avant qu'il ne fasse naufrage.

Je suis de celle avec qui l'on complote,
Pour effacer toutes les fausses notes.

*

Je suis de celle qui s'est décomposée,
Qui a forcé son individualité.

Je suis de celle dont la télé,
Vole sa liberté de penser.

Je suis de celle avec qui le Corona,
Décide de mettre le holà.

*

Aujourd'hui

Je suis de celle qui commence,
Et près de 14 milliards de fois recommence.

Je suis de celle qui entre en confinement,
Vaincue par les débordements.

Je suis de celle qui cherche dans le prochain cri,
De quoi faire revenir l'envie.

Je suis de celle qui sent les parfums entêtants,
Des comportements décadents.

Je suis de celle qui cesse de donner,
Quand tous les plombs ont sauté.

Je suis de celle qui condamne d'un adieu,
Les rognes imbéciles, les visages coléreux.

Je suis de celle qui sort par tous les temps,
Rebelle aux engagements.

Je suis de celle qui croit comprendre tout,
Mais refuse encore de se mettre à genoux.

Je suis de celle qui attache les corps,
Cogne, brutalise encore et encore.

Je suis de celle qui travaille d'arrache-pied,
Pieds et poings liés.

Je suis de celle qui se recentre,
Qui retourne à son antre.

Je suis de celle qui paye de son sang,
Le ventre vide des indigents.

Je suis de celle qui tombe souvent,
S'assoit et attend.

Je suis de celle qui attend qu'on lui décrive,
Encore une fois le premier givre.

Je suis de celle qui revient à la source,
Pour mieux continuer sa course.

Je suis de celle qui s'assoupit,
Puis ouvre les yeux et se déplie.

Je suis de celle qui reste sur le qui-vive,
Tout en priant sous les ogives.

Je suis de celle qui jalouse la nostalgie,
D'un livre d'enfant et de son prince charmant.

Je suis de celle qui se croit coupable,
Quand il faudrait être responsable.

Je suis de celle qui craint de voir la continuité,
Se profiler en perpétuité.

Je suis de celle qui tue le temps,
Perdue dans son enfermement.

Je suis de celle qui fait résonnance,
A notre belle impermanence.

Je suis de celle avec qui un œuf de poule,
Raconte l'histoire qui en découle.

Je suis de celle qui œuvre en silence,
Afin d'accéder à son essence.

Je suis de celle qui corrige son ADN,
Qui refuse d'entrer en haine.

Je suis de celle qui voit le personnel soignant,
Etre plus puissant que les gouvernements.

Je suis de celle qui se rabougrit,
Impuissante, comme en sursis.

Je suis de celle qui loue les commerçants,
Et tous ceux qu'on appelle les petites gens.

Je suis de celle qui assiste virtuellement,

A son lent renouvellement.

Demain…

Je suis de celle qui retrouve la musique,
D'un battement de cœur unique.

Je suis de celle qui offre aux enfants,
La chance d'être vivants.

Je suis de celle avec qui l'épi de blé,
Va vers son plus bel été.

Je suis de celle qui ne veut plus être victime,
Ni pactiser avec le moindre crime.

Je suis de celle qui veut être,
Et ne plus jamais paraitre.

Je suis de celle qui se souvient,
A quel point elle aime les siens.

Je suis de celle qui entend les oiseaux chanter,
Loin des cheminées empoisonnées.

Je suis de celle qui écoute à la cime du grand arbre,
Le haut chant des palabres.

Je suis de celle qui regarde les étoiles,
Une à une lever le voile.

Je suis de celle qui ramasse un cerneau de noix,
Et d'un souffle lui confie ses multiples choix.

Je suis de celle qu'on nomme le monde,
Qui avec joie vagabonde.

Je suis de celle dont toutes les femmes,
Emettent et portent la flamme.

Je suis de celle avec qui l'homme,
Doit redevenir gentilhomme.

.
.
.
.

Je suis toi, vous, il, nous, lui, moi,
Ensemble sous le même toit.

Je suis...

L'Humanité !

Si, incidemment, il vous pousse
Des enrichissements à me transmettre,
Retrouvez-moi, ici ou là…

*

louvernet67@gmail.com

Site internet : louvernet.com

Facebook :
https://www.facebook.com/RomanLouVernet

Et n'hésitez pas à laisser vos commentaires
Sur Fb ou les sites :
Amazon.fr – Fnac.com – Babelio.com – etc.

*

Prenez soin de vous !

Si long est le chemin
Si brève est la vie.